AF406448

Autres ouvrages...
de l'auteur :

Romans pour adultes :
Balade avec les Astres
La vengeance sans nom
La Route des chiffonniers
Le sablier des cendres (à paraître, 2017)

Nouvelles pour adultes :
Blanc comme neige (anthologie *Sombres Félins* aux éditions Luciférines)
On les aime (anthologie *Dementia* aux éditions Les Occultés)
Sans faute (en téléchargement libre sur Internet)
S.O.S. (L'Indé Panda N°2)
Le plus beau métier du monde (en téléchargement libre sur Internet)

Albums jeunesse :
Mon copain Éthan est végane (avec Héloïse Weiner)
Nicolas, le bébé koala (avec Korrig'Annne)
L'arbre à chats (avec Isaa)
Charlotte sans culotte (avec Korrig'Annne)

des illustrateurs :

L'enlumineur des étoiles est le premier album d'Astrid Bertin et de Marceau Pradinas

Ouvrage protégé, tout droit de reproduction réservé
Jeanne Sélène — La Haute Boulaye — 50300 Saint-Brice
jeanne.selene@outlook.fr
http://jeanne-selene.com
Mise en page, textes et scénario : Jeanne Sélène
Peintures et calligraphies : Astrid Bertin et Marceau Pradinas
http://leparchemindeslimbes.fr
Correction : Sans Coquille
http://sanscoquille.fr
ISBN : 979-10-96202-08-9

L'enlumineur des étoiles

Un jour,
dans l'infini étoilé,
une pensée naquit.

Elle se prit à rêver...

Cette constellation serait un dragon
au cœur rempli d'amour !

Celle-ci une forêt enchantée
où dansent les fées…

Entre ces points scintillants,
elle dresserait un pont de cristal aux arches multicolores.

Au milieu de ce pont,
elle placerait un enfant plein de rires.

À sa gauche,
une maman aux mains douces et rassurantes.

À sa droite, un papa aux yeux tendres et sereins.

Et le dragon volerait dans un ciel d'azur
ponctué de moutons frisés.

Et l'enfant s'imaginerait à ses côtés.

Ils plongeraient entre les nuages laineux,

virevolteraient sous le regard confiant des parents.

Suivant le murmure des vents,
ils glisseraient jusqu'aux arbres.

Attirés par les fées,
ils se poseraient dans une clairière

pour y danser toute la nuit.

Au petit matin, ils s'éveilleraient contents,
L'esprit rempli de songes et de magie.

Fin

Jeanne Sélène

Auteur exploratrice de l'écrit, Jeanne Sélène est très attachée aux littératures de l'imaginaire. À travers ce texte et ce scénario, elle a souhaité apporter aux plus jeunes un peu de merveilleux et de rêve.

jeanne-selene.com

Astrid Bertin & Marceau Pradinas

Enlumineurs et calligraphes à l'atelier Le Parchemin des Limbes, Astrid Bertin et Marceau Pradinas réalisent ici leur tout premier album jeunesse. Férus de détails, ils ont su mettre en lumière le scénario avec une richesse pleine de finesse. Leur calligraphie anglaise, toute en légèreté, apporte à l'ouvrage une touche artistique incomparable.

leparchemindeslimbes.fr

À découvrir aussi...

ISBN : 979-10-96202-08-9
Loi 49.956 du 16 juillet 1949
sur les publications destinées à la jeunesse :
octobre 2017
Dépôt légal :
octobre 2017
Imprimé par Spektar, Bulgarie.

www.ingramcontent.com/pod-product-compliance
Lightning Source LLC
Chambersburg PA
CBHW042020110726
48006CB00004B/1157